노래하는 조약돌

# 노래하는 조약돌

발행일    2022년 12월 23일

지은이    채선행
펴낸이    손형국
펴낸곳    (주)북랩
편집인    선일영             편집    정두철, 배진용, 김현아, 류휘석, 김가람
디자인    이현수, 김민하, 김영주, 안유경      제작    박기성, 황동현, 구성우, 권태련
마케팅    김회란, 박진관
출판등록    2004. 12. 1(제2012-000051호)
주소    서울특별시 금천구 가산디지털 1로 168, 우림라이온스밸리 B동 B113~114호, C동 B101호
홈페이지    www.book.co.kr
전화번호    (02)2026-5777             팩스    (02)3159-9637

ISBN    979-11-6836-650-3 03810 (종이책)      979-11-6836-651-0 05810  (전자책)

잘못된 책은 구입한 곳에서 교환해드립니다.
이 책은 저작권법에 따라 보호받는 저작물이므로 무단 전재와 복제를 금합니다.
이 책은 (주)북랩이 보유한 리코 장비로 인쇄되었습니다.

---

**(주)북랩** 성공출판의 파트너

북랩 홈페이지와 패밀리 사이트에서 다양한 출판 솔루션을 만나 보세요!

**홈페이지** book.co.kr   •   **블로그** blog.naver.com/essaybook   •   **출판문의** book@book.co.kr

---

**작가 연락처 문의 ▸ ask.book.co.kr**

작가 연락처는 개인정보이므로 북랩에서 알려드릴 수 없습니다.

# 노래하는 조약돌

북랩

## 시인의 말

아름답다 고맙다 새기는 터전
누군들 반기지 아니하랴
이러저러하때은
웃음꽃 넘쳐나는 밝은 얼굴들
찬란하게 이어지는데
더불어 띠진 무명초
한 송이 무거운 꽃을 피우네


2022년 겨울
채선행

**목차**

# 산중의 왕

위풍당당 풍채와
예리한 눈이
두려움의 표상이요

담대함과 화려한 배짱은
우월한 승자의 기질

갖춘 위엄은 엄숙한 산이요
바람을 일으켜 바람을 타며
취하는 사냥에는 불처럼 맹렬하고
천지를 흔드는 포효의 한마디에

두루 넋을 잃고 엎드리니
그 권세 산중의 왕
호랑이라네

# 산과 물

우람한 기골 드러내는
장대한 산 겹겹이요

사이로 낮은 골
벙벙한 물이 얌전하네

밝고자 태양은
짙은 안개 걷어가고

구성진 산새 소리는
한 점 흰 구름 머물게 하네

# 단풍

울긋불긋 잎들의
화려함은 무슨 뜻일까

이별의 전령사 된서리에
넘치는 번뇌의 표출일까

모든 고마움의 답례로
기쁨을 선사하는 정성일까

혹시 뒤엉킨 난치의 피멍울에
나는 조소하듯 울리는 환성이 아닐까

# 복날

여름철 복날이 되니
북적북적 식당에 몰린 인파

건강을 위한다고
찾느니라 보신탕

견공들의 비명이요
식도락의 환성이다

우리 인생 강자라는 이유로
휘두르는 살생의 칼이
미치지 않은 곳 없다네

# 상추쌈

밝은 상추 펼치어
조각을 낸 고추 양파 마늘
쌈장에 탐스러운 함박꽃이요

군침이 도는 입에 들어
부풀리는 볼때기
만면에 희극을 자아내고

사각사각 씹히는 소리
산속 시냇물 가락

소화 또한 고와서
개운한 활력소라네

# 항구의 정경

바다 향의 심덕이냐
갈매기의 신명이냐
항구에는 인정도 곱더라
항구에는 술집도 많더라
활기찬 파도 위에 꿈을 그리며
비단결 낭만도 실어 보건만
작별의 애틋한 정에 가슴이 아려
등댓불 사랑에 시름도 많더라

# 반딧불이

어둠이 덮이면 초야에 묻힌 몸이
단잠 이루랴

이슬에 젖으면 추억으로 부푼 심사
망각 이루랴

짧은 밤도 두려울세라
스스로 불을 밝히고

은실 금실 수를 놓은 별들의 장단에
청실홍실 비단을 짠다

# 탁류

금수강산 이 강산에
속세의 흐름은
혼탁을 언제 면할까

맑고 개운한 조화
멋진 군상의 어울림은
여지없이 뭉개지는 판

선량들은 구리고 역겨움에
밝은 웃음 잃어버리고

인정도 살맛도 뭉갠 탁류는
오늘도 기약 없이 흐르고 있네

# 봄날

진달래 환호성이
지축을 흔들고

종다리 열창에
봄볕이 피아노를 치며

여울지는 금빛 장다리 밭에
나비 건듯 나는데

어디선가 몸 사리던 장끼
어엿하게 자신의 존재를 펼치네

# 아카시아 숲

저희끼리 야무지게 뭉쳐있구나
자기들의 철옹성을 일구었구나

색다른 생명이 발붙일
틈새를 주지 않는다

저희만의 생존을 위하여
자신들의 멋진 세상을 위하여

억세게 깍지를 끼고 붙들었구나
빈틈없는 성역을 갖추었구나

# 매미

눈부신 신비의 세계
이 기쁨 노래하려네

지난날 어둡고 팍팍했던
기나긴 인고의 세월

자나 깨나 잊지 않은 꿈에
이어내는 수양으로 허물을 벗고

두루 밝은 희망 넘쳐나는
아름다운 곳 노래하려네

# 이발소에서

너절한 모발을 잘라내고
불결한 군더더길 지운다

참모습 가리는 미운털은
제거되어야겠네

정도를 벗어난 돌출
예의의 결손을 막아야 한다

말끔하게 밀어내고 정리하여
진실 된 제 모습 되찾고 있네

# 늦가을

찬 서리 위세 부리면
황혼의 노을에 젖은 나뭇잎
미지의 세계로 몸을 날리고
잿빛 벌판 저만치에서
늦었노라 잠 깬 들국화
옹색한 미소 짓는데
가녀린 맨 가지는
봄날의 푸른 기대에
뜨거운 맥박으로 항거하듯
창공에 곧추서있네

채선행 시집

# 오히려

화려한 곳에서
고통이 넘치고

배부른 곳에서
허기가 설치며

밝다는 곳에서
어둠이 짙고

참이다는 곳에서
거짓이 높다

# 개구리 합창

무논에 모여든 개구리
우렁찬 정겨운 소리
새 세상 만나서 기쁨 넘쳐서
얼싸안고 부르는 노래
어제는 숨죽인 어둠 속의 삶
오늘은 밝은 날 갈증 풀리어
활기찬 희망에 지상 낙원에
즐거워라 흥겨워라 신명이라네

# 달팽이

무거운 발길을 옮기고 있다
의지의 행로를 더듬고 있다

속되지 않은 곳
홀가분한 몸으로 유유히 간다

자욱한 흑막과 따가운 소리
구리고 역겨운 곳 벗어나고파

푸르고 예스러운 곳
찾아가고파

# 밥

배탈이 나서 들락날락 뒷간이요
냄새가 나서 등 돌리는 눈짓이네

먹다 보니 맛 들이어
마구잡이로 삼키었지

먹어도 배부른 줄 모르고
보아도 밥이 아닌 줄 몰랐다

상처를 받고서야 보이네
밥이고 아닌 것을

# 뻐꾸기

가는 산길 고달파도
어이하랴 고마운 나의 삶터
계곡이요 산등성을 오르내릴 때
이르는 곳곳이 반가움이요
순간에 헤어지는 괴로움이니
겹치는 고독에 날개가 접혀
서글픈 가락으로 재를 넘는다

# 부엉이

어둠 속을 반기며 살아가는 몸

밝고 어두움을 거꾸로 보며
낮이 밤이요 밤을 낮으로 우긴다

현명하고 유능하다고 여기는
고집과 편견 때문에
새롭게 깨닫고자 함을 지워버렸지

물정을 바르게 가릴 줄 모르니
답답하고 어리석은 어두움에서
벗어나지 못하는 고통의 일상이라네

# 겨울밤

추위에 어두움에 밤이 깊으면
그리운 님 보고픈 이
짠하고 안쓰러운 정에
거침없이 내달리는 밤바람
날개 위에 천 리를 달려
힘들고 난감한 많은 역경들
외로움에 슬픔에 지친 아픔들
정성으로 위로하고프지만
어찌하지 못하는 측은한 마음
방울방울 애처로운 눈물만 넘쳐

# 석양

지나오던 길을
의미 깊게 돌아보고 있네

미처 보지 못한 곳
그늘진 곳을 살펴보고 있네

눈빛을 달리한 연민의 시선
길어지는 그림자에 마시는 독백

자성의 표현일까
서산마루에 걸터앉아
뜻깊은 화폭을 그려내고서

떫은 심사 설운 정에
스스로를 지우고 있네

# 세탁기

방치할 수 없는 추태
창궐하기 쉬운 흉허물
씻어내고 헹구어서
밝은 내일을 열어준다
사물을 대하다 보면 이래저래
신선도 유지란 어려운 일
얼룩지고 고린내에 젖어
자정능력을 잃고 드러낸 결함을
가슴으로 끌어안고 교화하는
산 교육장이다
인성 재생창이다

# 폐차장에서

동강 나고 찌그러진 앙상한 몰골로
시간을 휘감고 있다
욱신거리는 상처투성이로 뒤엉킨 채
적막으로 감싸고 있다
막다른 마당에 이르러
더 이상 무슨 꿈이 있으랴
그야말로 달고 쓰고 매운 길
힘차게 달려올 때에
오장육부 털리고 뭉개져
붉게 타는 저녁놀에 젖어있다네

채선행 시집

# 황무지

거칠고 잡된 것에
가려진 자에겐 길이 없는 곳

어울림 속에 괴짜 없겠냐 마는
젠체하며 내뻗는 팔 적지 않다네

순한 생명들 조화의 진리를
너무나 외면하는 현실
웃음꽃의 옥토로 가꾸기엔
이미 글러 버린 땅

예전부터 이어지는
난치의 엉망진창에서
가슴 아린 텃밭이여

# 가을 들녘에서

넓고 푸른 하늘
경쾌함이 날아오를 듯하고
황금물결 들녘 화끈한 넉넉함이여

비록 내 전답 내 작물은 아닐지라도
이 얼마나 멋진 즐거움인가

뙤약볕에 진땀 더한
주인의 기쁨이야 더할 나위 없으리라

남의 시절이 좋아야지
어두운 나의 삶에도 볕이 들겠지

# 새들의 노래

무엇보다 먼저 눈물을 알아
그 슬픔 노래한다네

눈물 없는 세상은 상상조차
끔찍한 지옥이라는 것을 안다

청렴하기로 으뜸가는
청빈한 생명 성스러운 존재여

무엇보다 값진 그 눈물 알아
한평생 노래한다네

# 등산의 소감

속세의 먼지를 털어보려고
수목의 밀어를 들어보려고
내딛는 발길인데
소나무는 벌써부터 바빠진 빗질
나에게서 쓸어낼 게 많나 보구나
신성한 곳에 드는데
부덕한 추태 이대로는 허용되지 않은가 보다
계곡의 맑은 물이며
신령스러운 새들의 노래에
이어지는 수목의 빗질에
짙은 번뇌 가시고
경쾌한 청산의 정기 피어오른다

# 흙의 마음도 읽어

호미의 가냘픈 긴 목은
밝은 내일의 기다림이요

부푼 꿈에
부리가 뭉개져도 즐거움이네

개개는 잡풀을 지우며
파종 모종 북을 준다

쪼고 캐는 손길에
위대한 흙의 마음도 읽어간다

# 집터

윤이 나서 떠났나
팍팍해서 떠났나
뿌리 깊은 보금자리
어이하여 지워버렸나
이래저래 푸른 꿈의 날개 위에
사람은 떠나가고
질긴 정에 굳은 자리만
아쉬움에 그리움에 애처로이
세월을 붙들고 있네

# 갈매기

진귀하게 이어지는 대망에
젖은 갈매기

경쾌한 활력에
새벽을 열고 일어나

솟구치는 파도 위에
부서지는 세월을 보며

거친 바람 사이로
활기찬 날개를 편다

# 흑장미

산정에 올라 사방을 보니
한 송이 거대한 장미꽃이네

빙 둘러 겹겹 봉우리
활짝 핀 꽃잎이요

나는 화심에 붙은
한 마리 개미

영원히 지지 아니하는 장미
환상의 흑장미

# 종이배

고마움에 우연히 생겨나
은덕으로 나아갈 길 열리네

세상의 흐름을 타고
파도를 탈 때 순풍에 순항만 있으리오
시달림도 아찔함도 양념처럼 보아야 한다

애당초 짐이 없는 몸
아집과 교만이 없도록 살펴야 한다

순리 따라가야지
소박한 초심으로 흘러가야지

# 뜸부기

듬뿍 듬뿍 듬뿍
그는 거듭거듭 외쳤지
뒤주에 듬뿍듬뿍 채워주길 바라는
아주 먼 옛날 농부의 화신이었나
푸른 벼들이 키 재기 하며 어울릴 때
지켜보며 열렬히 응원하였지
어눌한 목청이지만 풍요를 비는 소리
그 정성 애처로웠네

채선행 시집

# 뿌리가 깊어

하늘을 뒤덮은 먹구름
비를 뿌렸으면
자취를 감추는 게 상례지만
오지게 뿌리가 깊어선지
아주 자리 잡아 머물렀네
칙칙하고 답답하여도 만연된 환경이니
어느 바람에 변하리오
오히려 짙어지고 창궐하는 판에
양떼구름은 설 자리가 없네

# 봄인데

개나리 피고 진달래 피고
봄이 왔는데
언제 그 언제
눈을 뜨고 꽃을 피려나
희망의 노래가 우렁차건만
잠결인지 꿈결인지 깨어날 줄 모르네
아까운 시절 바람 같은데
때를 잃고 울려나
답답한 철부지
안타까운 뚱딴지 모습

# 빛나는 것

장안 대로에 빛나는 것이 있으니
금이 아닐까 의아한 눈길
기대했던 금이 아니네
진정
금이라면 저토록 유치하게 빛을 냈으랴
건네받은 빛에 하찮은 유리 조각도
금인 양 거들거렸네

# 오리 앞에서

날기 위하여 갖춘 날개
쓸모없구나

물갈퀴를 지녔지만
그 또한 거치적거릴 뿐이다

조화를 잃어버린
조건과 환경이 널려 있다네

맞지 않게 꾸려지고
어긋나게 매겨져
변할 수 없는 진리로 굳어진 현실

달리 의심할 여지가 없지
그저 만족으로 웃어야 하네

채선행 시집

# 화려함 속에

우거진 아카시아 멋진 향기
사방으로 퍼지는데
땅바닥에 서럽게 누운 마른 소나무
찬란한 이면에는 이토록 처절한 비극이 있다
화려함 속의 슬픔은 더욱 아픈 것
휘두르는 거친 팔에 약자는 설 곳을 잃어
공존공생은 무너졌으니
강자의 웃음은 하늘을 날고
약자의 눈물은 계곡을 덮네

# 극단의 세태

얌전하고 청렴함이
선비를 닮아있는 성냥개비

하지만 과연 누구를 믿으며
무엇에 마음 놓으랴

극단으로 치닫는 세태이니
그 속을 알 수 없는 일

마찰 한번 빚으면
엄청난 사건을 일으킨다

찰나에 벌이는 분신이라니
그야말로 위험천만의
경계인물

# 무명초

이름이 있고 없음에
집착하지 않는다

멋쩍게 알아 고통보다는
고매한 혜안을 지녔다네

혹독한 환경을 탓함이 없고
건전한 희망을 불린다

육신은 비록 초라하지만
품은 뜻은 높고도 크다

이름이 있어도 쓰임이 없고
이름 없어도 쓰임이 있음을 안다

# 능사리

큰 그림을 그릴 수 없으니
천박한 일상을 피할 수 있으랴
여리고 못난 놈에 옹색한 처신뿐이니
언제나 크게 받는
위험과 압박을 면할 수 없네
새로운 변화를 위한
대안이란 생각 밖이니
겨우 변두리나 기웃거리며
깜냥대로 살아갈밖에.

# 비우는 즐거움

넘치는 탐욕을 털고 나니 보이는구나
무성한 교만을 지우고 나니 들리는구나

푸른 기치 추켜세우고
뜨거운 야망이 솟구칠 때엔
이목구비가 삐딱했었지

부질없는 짐들을 내리고 나니
수치가 보이고 가녀린 소리도 크게 들린다

악수하고 포옹하는 햇볕 또한
아낌이 없네

# 그물

어디라고 없겠는가
도처에 벌려 친 어망 조망도 있고
혼란한 법망도 널려있다네
사연이야 많겠지만 어리석어
너무나 어리석어서 불상사를 쏟아낸다네
자유를 누리는 새들도 비운에 들고
청순한 물고기가 걸리어 도마에 오르듯
패가망신하는 법망에 자칫
벗어나기 쉽지 않다네

# 감념의 신사

길가에 늘어서서
나름대로 예를 갖춘
가로수

꿈을 안고 사연을 실어
지나치는 길손에게 베푸는 선행

고운 일 헌신의 자세에는
괴팍한 환경도 비켜간다네

영광 있어라
기쁨 지녀라

모두에게 차별 없는 인사
안녕을 빈다

# 코스모스

집적대는 소슬바람에
파장 같은 마당에
못 견디게 출렁이는
그리움이요 아쉬움이니
가녀린 몸을 일으켜
읊어내는 가락가락이
푸른 저 하늘
더욱더 시리게 하는구나

채선행 시집

# 사는 모습

파리들의 사는 모습에
나는 침을 뱉는다

그런데 침을 뱉는 내가 부끄럽구나

구린 것에 젖어
이상적으로 여기며 살아가는 생명

그들도 나의 삶에
더럽다고 침을 뱉겠지

내가 보는 그들이거나
나를 보는 그들이거나
그저 다를 바 없으리라

# 겨울산

하얀 수건을 쓰고
초라한 누더기를 둘렀구나
구성지게 노래하던 새들도 자취 감추고
기쁨을 주는 요염한 꽃들도
안타까이 떠나고
풍류를 즐기던 계곡물도
조용히 숨을 죽였네
우울증 환자처럼 시름에 겨운
수목 사이로 무엇이 못마땅한지
바람이 성깔을 부리는데
바위는 어디에 뜻을 두는 것일까
좌선의 삼매에 들어 있구나

# 겨울 달밤

삭풍은 대나무 숲에 휘감기고
교교한 달빛은 창으로 몰리는데

단잠이 떠나간 자리엔
얄궂은 느낌들이 어울려 퍼진다

알맹이 빠진 후줄근한 허물이
꺼림하게 술렁이고

자꾸만 파고드는 바깥이
시름을 불리어주네

# 겨울 보리

사활이 걸린 혹한에도
어긋나지 않은 인고의 세월

꿈을 키우며 자라는 너는
잎마다 짙은 불꽃이다

보람을 얻기 위하여
건전하고 윤택함을 불리는
불꽃 노력에 헛됨이 없으니

향기로운 봄바람 불면
넌지시 머리 들어 어엿한 자세로
부둥켜안았던 청운의 깃발을
유감없이 펼칠 것이다

# 죽음 앞의 지혜

약자일수록 비참하게 열려 있는 곳
옹색한 굴레의 험난한 터전

고마움과 미움으로 뒤섞인
만남과 헤어짐을 수없이 겪는 일상

어찌할 수 없는 절박함도 적지 않으니
살기 위하여 비장하고 통이 큰
슬기를 지닌 도마뱀

강적을 만나 위태로울 때
과감하게 살점을 떼어 주면서
삼십육계 줄행랑으로
하나뿐인 목숨을 건져낸다네
가까스로 삶을 이어낸다네

# 경칩날

이제는 깨나야 한다
어두운 칩거에서 벗어나야 한다

기회는 쉽지 않으니
때를 알아 움직이리라

어둠 속에서
바위 밑에서
모래 틈에서

기지개를 켜고
허리를 펴고
팔을 벌려

다양한 맛에 성숙해지는
드넓은 벌판으로 걸음마를 위하여


눈을 떠야겠네
귀를 열어야겠네

# 여유로운 삶

깊은 생각을 더하여
차원 높게 지혜를 모아
생계를 꾸리는 거미

대개 혈안이 되어 있는 불온한 욕망은
아예 가슴에 싹트지 않는다
안달복달하는 망령된 수고는 적성이 아니다

얻어지는 대로 되어가는 대로 순리를 따라
만족하는 청빈의 삶

태평스레 맞은 나날
시름없이 보내는 세월
수신하는 선비의 세계

# 화려함

물질의 화려함
부와 권력의 화려함
멋과 소리의 화려함

마약 같은 화려함의
유혹에 젖어 짙어진 흑심

다양한 틀에서 어칠거리고
엇나가 본성이 지워진다네

갈수록 벗어날 수 없는
이 마약 같은 이 화려함
눈물겨운 참담한 비극이여

## 한 해를 보내며

올해도 어정뜬 세월 해가 저무네
보람을 찾겠노라
더듬고 뒤적거려도
헛다리만 짚어왔구나
물가는 치솟고 수입은 줄어
가난뱅이 살림살이
해마다 더하여 진구렁이네
인생살이 속고 속으며 고달픈 산길이지만
개똥밭에 굴러도 이승이라 하였으니
죽을 용기로 살아가야지
혹독한 겨울 뒤에 봄이 오듯
나에게도 이렇게 풀려지겠지

# 텃새

여러 희망에

혼란한 사연에

떠날 자는 떠날지라도

된장처럼 젓갈처럼 맛깔스러운 곳

대 이어 깊은 정 지울 수 없어

시절이야 어떻든

양념 같은 희비고락 달게 여기며

자리 지켜 무성해진 인연 더불어

지그시 행복을 가꾸는

일생

# 꽃밭에서

아름다운 꽃들에
슬픔도 괴로움도 눈 녹듯 사라지는
고마움이여

혹독한 고난 위에 빚어내는
거룩한 정신

세상의 향기 또한 숭고하다네

하지만 세상은 유별나서
꽃밭에 없는 냄새가 있지

너무나 실망이 큰
역겨워 소름 끼치는 악취라네

# 눈 내린 아침

밤사이에 도둑처럼 눈이 내리어
온통 새하얀 아침
밝은 햇살이 눈부시게 수를 펼치고
상쾌한 바람이 지나치며
고요에 잠긴 나무를 깨우니
때를 맞추어 어디선가 날아온
참새 한 쌍
오순도순 생계를 논하고 있네
애련의 정을 나누고 있네

# 낙엽의 묵상

오고 감에 때가 있으니
거스를 수 있으리오
옹골진 정 비우며
미지의 세계로 떠나는 마당

으스러지는 삭신을 끌어안고
구르며 밟히며 뭉개지면서
후미진 구석에 서로를 얼싸안았네

흥겹고 신명 났던 지난날
구성진 새들의 노래 떠올리며
애환의 뒤안길을 더듬어본다

무능력 푸대접을 깊이 새기며
값진 미래가 무언지
겸허히 답을 찾는다

채선행 시집

# 지치지 않는 날개

밤하늘 기러기 가슴을 열고
원대한 길을 찾는다

새기는 희망을 향하여
비상하는 날개는 지치지 않는다

아는 대로 보면서
보이는 대로 향방을 가른다

개운함에 헛됨이 없으니
반기는 그곳에 웃음 안고 들리라

## 심성이 고와

백수의 떠돌이지만
고매한 선비의 넋을 지닌
나비
모름지기 추스르는 옹골진 수양
점잖은 차림으로 공손한 자세로
아름답지 않은 곳에
머물지 아니하고
향기롭지 않은 것에
마음 두지 아니하니
불상사가 있으리오
행복이요 영광에 들어있다네

# 반달의 여유

흐릿하고 부족한 듯 드러내는
모습이 오히려 아름답구나

터질 듯한 불안보다는
흐뭇한 넉넉함이네

겸손하게 개성을 살리는 처신
무한충족을 바라지 않는 만족

침착하고 소박한
겸손의 멋이라네

# 숙연한 자세로

하찮게 여기던 짐승들을 지켜보니
나의 어리석음에 머리 숙여진다
천연스러움은 군자와 같고
갖춘 지혜는 성자와 같은
진리의 생명이네
비록 배움은 없을지라도
나름대로 분수를 지키며
거짓 없는 진실이요
탐욕이 없는 청빈이며
교만이 없는 겸손 앞에
무슨 죄가 있을 것이며
법 또한 소용 있으랴
아첨과 가식이 있을 리 없고
부귀영화 노리지 않아
너그럽고 태평한 자세
어찌 존경스럽지 않으리요
숙연한 자세로 이들의 교훈을 가슴 깊이 새겨야겠네

# 아침

신령스러운 새벽닭 소리
어두운 밤을 떠밀고
여명에 달려온 까치 한 쌍
은하에 씻은 목청으로
잠든 나를 깨우니
이 마음
곱게 다듬어
닫힌 문을 열고서
향기로운 일상에
부끄러움이 없기를 다지는
아침

# 암흑

있어야 할 밝은 빛이 없으니
아찔하고 두려운 암흑이 판친다
온통 어둡고 깜깜하니
지워지는 분별에 정상이 뭉개지고
가치마저 덮어진다
가려지고 멈춰지고
묻히고 끊어지니
으스스한 무게에
눈도 귀도 잠기는
이 살벌한 암흑

# 부침을 거듭하면서

굽이돌아 강물은 바다로 들고
떠돌다가 내 인생 흙으로 든다

소용돌이 부대끼면서
부침을 거듭하면서

다시는 못 볼 것을 지나칠 때에
웃음도 눈물도 끌어안으며

탈 없이 이어지는 나날에
고마워요 즐거워요 조아려 간다

# 산새

심성에 따라 사는 것
진리만을 품은 산
산에서 사노라네

몸이야 작지만 마음은
산을 안았고
낮은 비상에도 생각은 높다네

만고풍상 겪으며
피는 꽃 지는 잎에
희비의 가곡을 읊어낸다네

청순한 심성 지니고
청산에 사노라네

# 바다

왕성한 맥박
기복의 연속

다양한 역풍에도
끈질긴 재기의 꿈

영원불멸의
사랑과 포용의 합창

성현의 심혈이여
진리를 잃지 않는다

# 깝북기

제대로 인격을 갖춘
주위에는 눈을 돌리고
자기만의 멋에 빠져들었네

그럴듯한 외모와는 달리
사랑의 싹을 틔울 수 없는
흑심의 극치

자신을 미화하여
권위를 세우려고
머리를 곤추세우지

어리석어서 용감하고
부끄러움을 몰라 자신만 안다

# 헌신발

덕지덕지 고달픔을
소복소복 서러움을
뭉뚱그려 안고 있네

어제만 하여도 오로지
심신을 다하는
호기로운 멋진 일꾼

험한 길 거침없이
망가지며 찢기면서
야무지게 헤쳐왔었지

팍팍한 여정의 뒤안길에서
묵묵히 탄평한 자세로구나

# 가을 개구리

맥없이 내딛는 외로운 산책
산전수전 겪어온 지금
이제는 말문이 막힌 지 오래
그저 보고 들을 뿐
맵고 쓰고 역겨움에도
속으로 삭이는 감정
다정히 어울려 재잘거리던
지난날도 있었지마는
덧없게만 느껴지는 세상사 무더기에
가볍지 않은 발길이라네

# 담쟁이

때와 장소 선택이 있겠는가
가리지 않고 이어지는
변화의 날개에 불현듯 나타나는
눈앞의 험난한 장벽이 질문을 던질 때
현명한 지혜가 있어야겠네
의젓하고 착실하게 탄탄한 현실을 꾸려내면서
드넓은 창공에 여유로운 맥박으로
야무진 미래를 열어간다네

# 이른 봄의 꽃

이른 봄날
잎사귀보다 꽃부터 터뜨리는
크고 작은 꽃나무들

아직 미련을 버리지 못하고
마지막 기를 펴는 추위 앞에
당당하게 나서는 위대한 용기

남다르게 서둘러 꽃을 피워야 하는
절실한 지혜를 지니는 기상천외함이여

일찍 터득하여 갖춘 까닭은 무엇일까
궂은 시절을 앞장서 바꾸려는 갸륵한 정성일까
자신들의 멋진 훗날에 대한 희망일까

미미한 향기 남세스러운데
벌써 벌들이 반기고 있네

# 눈

눈이 내린다
한들한들 고운 천연의 율동으로

활짝 편 마음으로
솜털같이 하얗게

아기자기한 동화의 세계를 안고
신기한 옛 전설을 이고
동네 사랑방 구수한 얘기를 지고서

눈이 내린다
향기롭게 꾸린 눈이
가리지 않고 가슴에까지
엄마의 품처럼 포근하게

노래하는 조약돌

# 동짓날

중단 없이 변하는 바람결에
나부끼는 명암이며 장단이며 생과 사

기나긴 밤도
짧아지는 낮도
이제는 반전

의미 깊게 일깨우는 우주의 속삭임이
두루두루 정지를 불허하네

때를 알아 움직이는 만물이
털어내는 어두운 시름에 밝아지는 앞날

지울 건 지우고 새로이 짓는다
한 장의 벽돌을 쌓듯
늘리고 여물게 뿌듯한 초석을 다진다

# 샛별

쓸쓸한 공간에
애처로이 홀로 남아
초롱초롱한 눈빛에 애틋한 정이 서려있구나

뿔뿔이 흩어지고 사라지는 마당에
발길을 돌릴 수 없어
아린 가슴 부여잡고 주위를 본다

어두움에 피어난 조촐한 인연들
시리고 팍팍한 밤의 여정이지만
속닥속닥 맛깔스레 불린 정
싸늘하게 지워지는 처량한 모습들이
짠하고 안쓰러워

떠날 줄 모르고 지켜보는
눈물 어린 눈동자에
연민의 정이 두텁네

# 구름

덩실덩실 어우러져
몰려가는 저 구름아
가는 곳을 알고 가는가
가벼운 귀에 들뜬 마음
순진함에 팔짱 끼었나
확실치 않은 어딘가를
뜬소문에 신명이 나서
자신을 망각한 채
얼싸둥둥 날개 달고 가는구나

# 하루살이

순간의 생명
결코 반복 없는 이 세상

영영 다시 볼 수 없지만
더 없이 크나큰 영광이라네

짧기에 소중함은 헤아릴 수 없고
한 번뿐이기에 측은한 정 태산 같다네

다음은 전혀 없는
너무나 아깝고 서러운 고마움에
어찌 욕됨을 지니랴

어디에 눈을 뜨고
무엇에 휘둘릴 것인가
곱고도 값지게 꾸려야 하는 일생이라네

## 나에게도 가을이

어김없이 가고 오는 세월 따라
나에게도 가을이 왔네

봄을 노래하던 어언 간에
무성했던 절기도 구름 가듯 스쳤다네

짧아지는 날 생각은 깊어지고
흩어지는 날 연민이 쌓이는데

찬 서리에 화들짝 놀라는 싸한 가슴에
어지러이 지나온 길 돌아보며

고개 낮추어 숨을 고르는
가을이 나를 찾아왔다네

# 난초

여린 듯 굳센 잎들이
두꺼운 공간을 거뜬하게 치올리고

조용히 얌전한 자세로
자연의 밀어에 심취하였네

천성이 각별하여
정갈한 모래 틈에 몸을 세우고

정숙한 꽃대 송이 열면
경이로운 가상한 자태
고매한 군자의 기풍이라네

# 산길

산 산 산길은
언제나 만만하지 않구나
두렵고 겸손해지며 난처해지네

이리 굽고 저리 굽고
실낱같이 가늘어
더디 가라 이르고

가시넝쿨 팔 벌리고
엉뚱함도 도사리고
헷갈리는 면면이
살펴가라 충고하네

뻐근한 몸 타는 목이
쉬어가길 귀띔하고
주위를 돌아보라 손짓이네

울퉁불퉁 사나운 길
가노라 걷는 길에
빠르고 편하길 어이 바라리

# 능력인가

살강에 밥알 훔친 쥐
조그만 일에도 잘못을 아는가 보다
배움은 없을지라도
양심만은 굳게 지키나 보다
음지에 숨어들어
속죄하듯 엎드렸구나

엄청난 부정 비리 인사들
장한 일로 여기나 보다
배움은 많지만 지녀야 할
양심도 체면도 팽개치고
막가는 짓을 능력으로 믿는가 보다
뻔뻔하고 되바라진 자세로
자랑하듯 장안을 누비는구나
주제넘게 거들먹거리는구나

# 지네

단조로움보다는
번거로움을 택했네
남달리 발이 많구나

헤아릴 수 없는 변수에
삭막하고 험난한 러전
바꿀 수 없고 떠날 수도 없는 곳

불시에 중심을 잃고
쓰러지고 부서지는 위태한 지경에 들면

쓰라린 고통과 사라질 수 있는 비운에서
건실하게 벗어나려는 탁월한 수단이었네

# 개미의 일상

단잠을 설치며 집을 나선다
찌들은 몸을 추슬러
험난한 일상에 내딛는다

사는 데 갖출 것 지니지 못해
오직 맨몸으로 때울 뿐이다

근면에 절약하면 가난을 면하리라 믿으며
나태와 사치를 내치면서
비관도 절망도 비교도 지워버린다

들어있는 틀 속에서 웃음을 짓고
밝은 날에 감사하며
묵묵히 희망의 끈을 당긴다

# 동백꽃

거친 해풍 달게 받으며
열띤 꽃이 장엄하구나

푸른 잎마다 바다를 안았고
붉게 타는 꽃은 아침 태양을 담았네

불 일듯 일어나는 열정에
장애 또한 비켜간다네

질긴 정신력으로
역경을 딛고 밝힌 빛이
가슴가슴 등불이네

# 밀물

몰려온다
달려온다

저기 저 먼 곳에서
수없이 어울리어 넘치는 위력으로
넓게 넓게 넓히며 온다

노래하며 춤추면서
지칠 줄 모르고 뛰는 듯 나는 듯
힘찬 거동 이어진다

저 어느 곳에서 휩쓸리어 머물다가
때맞추어 뜻을 모아
희망의 대지로 뜀박질이네

채선행 시집

의아한 미지의 세계
솟구치는 궁금증 풀어 보고파
서둘러 요모조모 안아 보고파

달려온다
힘을 더해 몰려온다

# 강물

평온한 들녘을 휘몰아치는
혼탁한 강물이 있다

사랑스러운 고운 얼굴 보이지 않고
볼썽사나운 쓰레기들 덩실거리니
어찌 순수한 조화를 기대하리오

예전부터 바뀌려는 정성 부족으로
너무나 거칠게 만연되어 흐르니

시비의 여지가 없는 광란에서
더없는 낙원으로 여기며
떠밀려가는 강물이 있다
탁류가 있다

　　　　　　　　채선행 시집

# 용의 승천

하늘로 용이 오를 때는
구름이 감싸 올려준다고 한다

긴 세월 수양을 거듭하여
덕망과 능력을 갖추고서
비로소 승천의 기회를 얻는다네

하지만 얄궂은 판국이라
설치고 날뛰는 망둥이마저 오르는 현실

감싸 올려주는 구름은 바람에 따를 뿐
분별에 혼돈을 일으키니
어찌 용만의 승천이겠냐

# 자벌레

빠르고 화려함에
느낌인들 없겠는가

날뛰는 모습에
덩달아 취하지 않는다

현명함의 제일은 자신부터 아는 일이지

섣불리 건방을 떨다가
자멸을 부르는 어리석음이 있다

자중하여 자신의 척도에 맞추는 삶을
이상으로 여긴다네
영광으로 여긴다네

채선행 시집

# 폭포

천 길 벼랑 곤두박질
장렬한 투신에 영화를 일구네

갈기갈기 만신창이 뭉그러진 몰골에
새로운 세상이 열리는
신비의 쾌거

우렁찬 기합 소리
영롱한 진주가루 아롱진 물보라
장엄하고 황홀한 무대

기상천외한 진수의
위대함이여

# 가을 편지

소슬한 바람
을씨년스러운 가을바람에
의외로 날아든 편지 나를 반기네

내가 먼저 띄우지 않아
바라는 곳 있지 않은데

살다 보면 보게 되는 뜻밖의 일
가슴이 찡하게 기쁨 널렸네

낙엽이며 꽃잎이 아침 문밖에서
시절의 흐름이며 갖가지 느낌들을 가득 안아
찬연한 문장으로 기다려주네

# 동파

멀쩡하던 항아리가 깨졌다
외부충격은 아니었고
내부의 정중동이었다

보란 듯이 머리를 들고 있는
얼음덩이의 위세가 자못 엄숙하였다

항아리의 박살은 순간이지만
이렇게까지 된 얼음의 상태는
결코 짧은 시간이 아니었으리라

냉혹한 세태에 똘똘 뭉쳐지게 되었고
심할수록 더욱 힘을 불리었을 것이다

더는 견딜 수 없는 불만의
크나큰 함성이었으리라

# 무화과

남다른 발상과 가치관으로
일반적 절차를 뛰어넘었네

기발한 창의력으로
자신만의 이상을 유감없이 펼쳐내었다

앙증맞게 드러내는 정체는
꽃망울이 아닌 귀여운 아기 열매

탐스럽고 화려하진 않을지라도
웅숭깊은 능력을 갖추었다네

# 자판기

바라는 것이 있으면
돈 먼저 지불해야 한다

달리 변수는 아예 없는
오로지 선불주의

돈 없으면 거들떠볼 수 없고
먼 산 보듯 무관계의
원칙만 있는 판

돈만이 의도를 충족할 수 있다는
절실한 체험의 장이다

# 멸치

드넓은 대양을 거침없이 활보하는
대단한 담력을 지녔지만
너무나 여리고 볼품없는 몸이기에
그토록 멸시받다가 어느 날
멸치로 불리었을 몸
넓고도 화려하여 넘치는 유혹에
험난하고 위태로운 이 세상
약하고 못난 놈은 언제나 고달프고
생명에 받는 위협이 남달리 크다
뭉쳐야 산다는 비결이 있어
더불어 뜻을 모아 힘을 더하여
보다 밝은 삶을 꾸려내면서
생사고락을 함께한다네

# 대나무 숲

어울림으로 외로움을 지웠네
통하는 마음이 기쁨을 열었다
풍우한설 거칠더냐
떳떳하여 굽힘 없는 삶이여
어느 외압에도 초심을 잃지 않는다
비운 사심
채운 청심
길이길이 향기 높다네
향기 높다네

# 민둥산

어엿한 나무 하나
또렷하게 세우지 못하니
잡초만 희희낙락 소란하다

새로워져야 하지만
기회를 잃었으니
흐뭇하게 엮어내기 쉽지 않다네

새들의 멋진 음악도 듣지 못하고
꽃들의 밝은 웃음도 볼 수 없으니
탈을 어디에서 찾으랴

워낙 몽매하고
인색한 박토인 것을

채선행 시집

# 무능력의 상처

잘근잘근 깨물려 짓이겨지는
껌

지녀야 할 능력 없으니
저항인들 있을손가

아야 소리 못하고 통째로 덜렁 먹히어
뜨거운 지옥에서 날카로운 이빨에
진국이 빠진다

무능력의 천대를 벗기 위하여
갈고 닦는 지혜를 외면해버린
나태에 고통을 면할 수 없네

# 빼어난 여수

청록으로 빛나는 아름다운 바다
신명 나는 가락이 날로 무성한 곳

그림 같은 해변의
굽이굽이 이어지는 드라이브 길에
고운 풍치가 눈부시고
그윽한 바다의 향이 물씬 피어나는 곳

나름대로 멋을 부린
요염한 섬들의 매력이 넘치고
온갖 오묘한 구경거리에 밝은 웃음 더불어
싱싱한 생선회 돌산 갓김치 걸걸한 막걸리로
기쁨을 노래한다네

채선행 시집

오동도의 동백꽃 정열에 희망을 불리고
진남관의 정자에 앉아 이순신 장군의
얼을 떠올리기도 하면서
밤바다 화려한 불꽃축제에
굴곡진 세상의 무거운 시름을 지우며

두루 장관을 이루는
환상의 불빛으로
영화를 꽃피우는 곳
길이길이 빼어난 여수

# 숙고하는 자세

나직이 머리 숙여 고개 숙이어
침묵에 들고 생각에 젖은
콩나물

순수에 드는 마음
더럽히지 않았는지

비집고 일어섬에
미움은 없었는지

사랑에 고마움에
부끄러움은 없었는지

머리 들지 못하네
비린 입맛에
고개 들지 못하네

# 장독대

얌전한 항아리 옹기종기
고요를 붙들고 수행 중이네

곁에서 지켜보는
나직한 화초 몇 그루
조촐하게 웃음을 짓고

정갈하신 어머님의 사랑
물씬 풍겨 윤이 나는 곳

괴팍한 날씨 아랑곳하지 않고
알토란 같은 희망을 여물게 하는
기다림의 향기로 넘쳐나는 곳

# 종다리

즐거움에 날아올라 창공에 올라
춤 노래 멋을 부리네

성대한 향연의 매력에
심취한 날개 힘이 넘친다

몸을 사리며 견뎌내던 추위도 가고
뒤질세라
비집고 드러내는 밝은 얼굴들

새로운 만남이다 새로이 시작이다
우람한 무대 한껏 열리어
향기로운 기색이 넘치고 아지랑이 눈부시니
구성진 종다리
신명 나는 기염을 피우고 있네

# 매화

냉혹한 거친 땅 메마른 땅에
가녀린 몸은 겨울이 맵고
빈손에 맨발이 얼어붙은 아픔이지만
지엄한 시절의 회초리 덕분에
일찍 깨어나 마음을 추슬러
불을 밝힌다
상쾌한 봄맞이 불을 밝힌다

# 조약돌

일찍이 휘둘리어 구르는 밑바닥
험하고도 길었다네

어둡고 팍팍한 미로에서
부대끼며 부서지며 갈려나가는 와중에서

흠집은 지워지고 지워지고
옹골차게 굳어져 남아

후미진 언저리에서 조용히
풍운의 조화를 음미한다네

# 오뚝이

넘어지지 않는 삶이라면
더할 나위 없겠지
하지만 그렇지 않은 경우가 적지 않다네

한 치 앞도 알 수 없는 것이 세상사라 하지 않았던가
현명하게 살핀다지만 어찌 밝게 볼 수 있으리

느닷없이 넘어지고 쓰러지는 어려운 처지에서
훌훌 털고 일어서는 장한 지혜 지녀야겠네

넘어지는 와중에서 개운하게 일어나는
순간의 통쾌한 기쁨이야말로
이루 헤아릴 수 있으랴

# 장기놀이

화력과 전열은 양 진영 진배없지만
승패는 겨뤄봐야 아는 것
수비태세를 효율적으로 갖추고
최대한의 전술 전략을 구사하며
손자병법을 활용하여 장 받아라
차장 포장 잇단 소리에 혼비백산
손들기 십상이지
신묘한 외통수 또한 없지 않지만
그게 쉬운 일이더냐
장이야 멍이야 치고 막다가
코가 빠지는 한편에서
환호성이 우렁차구나

# 딱따구리

힘 있는 자 거물의 소리만
위대함이 아니다

작지만 숭고한 말씀이 있다

드러내지 않은 겸허한 자세로
슬기를 모아 정성을 모아

가냘픈 몸으로
잠에 빠진 여러 생명에게
깨달음을 펼치는 깊은 가슴의 소리
희망을 일구는 우렁찬 성언

# 정진

강도 높은 가르침에도
어엿한 품위를 갖추지 못하는
풋감

호된 시련을 겪어 왔지만
아직도 어린 풋내기

세간에 나서지 못하는 주제이니
자숙하며 변혁을 꿈꾼다

값진 보람을 이룰 때까지
고행을 거듭하여 정진한다네

# 소나무

탁월한 천성이
걸맞은 미래를 정하네

예리한 바늘잎에
괴팍한 날씨도 스스럽다네

만고풍상이 두려우랴
불굴의 저력으로
편협한 소인의 길을 지웠다

늠름하고 고고한 절개에
낙락장송으로 우뚝 선다네

# 겨울

겨울은 준비하는 계절
앞날의 만사를 위하여 추스르는 때

새로워지고 환하고 활기차도록
심혈을 기울인다네

강추위는 굳세어라 깨우치고
삭풍은 깨나라 이르고
백설은 선명하라 충언이네

각성하고 분발하여
빼어난 발상으로 지혜를 모아
산뜻하고 우아한 낯으로 두루
밝은 봄을 맞으려고 꾸려내는
자활의 기회라네

# 연꽃

아무렇게나 몸 두지 않는다
짧은 안목에 발 딛지 않는다

천성이 각별하여
먼지 일까 삼가는 몸

맑은 물 고요함에 낮은 자세
심신수도 일념이니

은인자중 고결함이
군자의 영화라네

# 낮달

쾌청한 대낮에
하늘 한편 희미한 달

있어도 없는 듯
외로이 수줍음을 끌어안았네

멋쩍은 여정의 뒤안길에서
피어나는 애꿎은 미련들

초연한 심사에
자신을 추슬러 성찰하는
무거운 시간이라네

# 다복솔

거대한 기암절벽에
위태롭게 서 있는 다복솔

극한 불모지에서
대담하고 여유롭구나

은하에 씻은 마음
어엿한 자립의 자세로
밝은 꿈을 안고서

위대한 자연의 섭리에
진지하게 성숙도를 높이고 있네

# 제야

이렁저렁 멋으로
고마웠던 일년의 마지막 밤

풍성한 감회에 무르녹아
말끔히 지워야 할 것이며
깊숙이 새겨야 할 것이며
새로이 엮어야 할 것에
잠 못 드는 밤

곱고 고운 여명에 새로워지는
거룩한 시간

가슴을 활짝 열고 넘치는 희망으로
신년의 첫날을 맞이하는 밤

# 안개

고운 풍경 보이지 않고
방향의 느낌마저 사라져
대책이 없는 지경

녹록하지 않은 세상 변수가 많아
빡빡하게 뒤덮은 먹통

밀어내고 휘저어도 여린 손은 보람이 없고
끈끈하게 달라붙어 앞을 가리고
이것저것 도무지 깜깜이라네

변화의 상쾌한 바람이 불면
너른 천지가 밝게 열릴 것이요
온갖 물상이 기지개를 켜고
무한정 기쁨을 안을 것이다

# 세수

아이의 얼굴을 씻어줄 때에
나의 손이 더럽다고 하는구나
아차 하여 살펴보니
새까만 때를 미처 몰랐지
내 손이 먼저 깨끗하지 않고서
어찌 누구를 닦아줄 수 있으며
정제되지 않은 심성으로
누구를 순화할 수 있으리오

# 밤톨

지극한 부모의 보호 아래 어울려
아기자기한 행복을 노래하던
세톨박이

땡글땡글 성장하여야 하는
자립에 제각각 미지의 세계로 몸을 던진다

잊지 않아야 할 극진한 부모 은혜
사랑스러운 동기간의 정

각개약진 소용돌이에
안타까이 그리운 정 지워지겠지
서글프게 기억마저 사라지겠지

# 봄날 산 풍경

두려운 동장군 물러가고
산뜻한 기운이 감도는 날
홀로 산에 오른다

어루만지는 다정한 봄볕에 어느덧
생물들은 자르르 광택이 흐르고
밝게 들뜬 분위기가 역력하다

여기저기에서 불을 밝히며
자신의 존재를 드러내는 장한 모습들

숨죽이던 골짜기도 깨어나
찬란한 봄을 펄럭이며
장도의 찬가를 이어내고
신명이 나는 새들의 구성진 노래가
산의 매력을 드높이고 있네

# 흔들림

바람에 흔들리는 초목
그것은 조화에 부응하는
한낱 몸짓일 뿐이다

나부끼는 것은 따로 있으니
하찮은 미물도 아닌 인간인 나

허깨비 같은 동요에
사리 판단은 뭉개지고

중심을 잃고 엉뚱한 휘둘림에 쏠리어
반기면서 장한 일로 여기는 모습

# 시래기

앞장서 몸을 세워
어두운 장막을 걷어내며
환하게 문을 여는 선구자

거친 풍파를 견디면서
여린 것들을 끌어안아
아픔을 막아준다네

윤택하게 꾸려내는 데 힘쓰다가
주름살 늘고 짜부라진 모습에
싸늘한 푸대접을 받는다

다행으로 반겨주는 손길이 있어
새로운 대지의 옹골찬 맛
가슴 깊이 아로새기어 빼어난 품격이라네

# 자주 옮긴 나무

자주 옮겨 심어
푸른 생기 사라졌구나

주위 정황 설어서
뿌리 굳힐 새 없으니
더한 시련을 어이 감당하려나

조급하게 서둘지 않아야 했고
진득한 끈기로 버텼어야 했다

기력이 달아나는 벅찬 숨결에
제 능력 기약할 수 없구나

# 가을비

가을에 내리는 비는
벅찬 짐을 벗게 한다

가을에 내리는 비는
그늘진 곳을 보게 한다

가을에 내리는 비는
깊은 심장까지 적신다

가을에 내리는 비는
발상의 전환을 일깨운다

# 산중 낮잠

상쾌한 청산에 취하는
꿀맛 같은 나의 낮잠

산새 소리 사근사근 자장가요
한들한들 나뭇잎이 부채라네

때를 알아 잠을 깨우는 까치 소리
고마운 자명종일세

여유로운 이곳 속진 없는 청산에는
마냥 머물 수 없다

이 몸은 속물
속물은 속세에 들 뿐이다

# 개

깝죽거리는 개 한 마리
잔뜩 똥이 묻은 몸으로
가리지 않고 뻔뻔스레 짖는다

아무런 영문도 모르는 채
소리에서 소리로 이어지며
더불어 거침없이 뻐긴다

사납게 으르렁거리며
주인까지 물어뜯는 막가는 광기도
서슴없이 저지른다

몰려다니며 소란을 일으켜
고요한 평화를 부순다
개판을 만든다

# 현세 제일주의

산뜻하게 켜보는 기지개지만
시쁘고 볼품없는 풀의 생명

냉정한 박토 위에 밟히며 꺾이며
야박한 된서리에 슬픈 몸부림

온통 부대끼며 속태우는 환경을
짐으로 여기지 아니하고
더불어 즐기고 만족하는 낙관론자

생존의 고마움으로
현세 제일주의로
착한 심성 지니고
건전한 삶을 이어낸다네

# 지워진 고향

그리움에 벼르고 찾은 고향
지금은 아니네 타향이라네

정든 고살 초가집 보이지 않고
공동우물도 자취 감추고
정자도 주막도 사라진 마을

반질반질 넓은 길
아찔아찔 아파트
새로운 바람이 몰리는 모습

익은 얼굴 묵은 말씨
품은 옛정 지워진 곳
먼 산만 다가와 서네

# 반달

반으로 쪼개져 후줄근하고
빛은 흐려져 우울하다

그토록 둥글고 휘영청 밝았었는데
엉뚱한 회오리에 부대끼어 초라하구나

바라는 건 온달이겠지만 우선
이렇게라도 옹골지게 다져야겠지

차례가 있으니
무엇이 먼저인지 지혜가 있어야겠네

# 바위

참담한 고행의 와중에도
오랜 세월 면벽하여
준엄한 이상을 다지고 있네

보아도 보지 않고
들어도 듣지 아니하며
잡스러움을 지운다

호들갑스러운 속세에 흔들리지 아니하고
이글거리는 희로애락에 물들지 아니하네

냉철하게 나앉아 이성에 불을 켜고
숭고한 진리만을 간직하여
별천지의 영화를 누리고 있다

# 고마움에 대하며

고마움에 고마움을 알아야겠네
은혜에 실망을 보이지 않아야겠네

미물도 고마움에 보답하는데
영물인 사람은 더욱 밝아야겠지

보답은커녕 서슴없이 저지르는
배신은 어인 일인가

인생으로 파렴치한은 없어야겠네
고마운 곳에 고맙다고 하여야겠지

# 귀뚜라미 소리

싸늘한 밤 깊은 밤에
고된 하루 고이 접어
아늑한 보금자리에 푹신하게 눕히는데
잡다한 사연에 무거운 시름인가
잠 못 들고 읊어내는 가락
경쾌함도 흥겨움도 아닌 곡조를 이어낸다
진지하게 울리는 정성으로
뒤엉킨 느낌에 멋쩍게 젖어
아련한 옛정을 은근하게 불리어주네

채선행 시집

# 보릿고개

이름 모를 풀마저 때를 알고 피어나는
아름다운 꽃이며 넘치는 향기에
벌 나비 더불어 더할 수 없이
황홀한 날개 절정의 계절이지만
산이 높으면 골이 깊다는 말이 있지 않던가
제아무리 멋진 구경거리가 눈을 붙들지언정
굶주림을 지울 수 없는 일
겨우내 아껴먹던 식량 떨어지고 끼니를 거르는데
햇곡식은 더디 익어
가난뱅이 가슴이 무너지는 험난했던 고비

산에 들에 나물이며 나무껍질도
허기를 달래기에 너무나 부족했다네
가엾은 자식 위한 부모는
허리띠를 졸라매며 피를 말리며 생사기로에
허덕여야 했던 눈물겨운 보릿고개

# 옛무덤

조개처럼 엎드린

손길마저 사라진 무덤

한길 넘는 아카시아

그 위에 버젓하게 서 있네

팔팔하게 생기가 넘치고 있네

묻혀있는 고인이 비록

일세를 풍미했을지언정

이승을 떠나 이 모습이네

누구나 한 줌의 흙으로 끝나는

부질없는 인생사

무얼 바라고 욕된 삶에 버둥댈 건가

# 우물

조촐하게 깊숙이 머물러
속됨이 없는 소박한 품격
숭고한 향기여

드러내지 않는 침묵의 자세
청정함이여 진정한 고요

실천으로 웅숭깊은 철학을 품어
소중한 생명을 살리는
위대한 진리 한결같다네

# 별의 행로

밝은 분별 어렵고
역한 기세 덮인 곳

어두운 밤의 세계에
가냘픈 몸을 일으켜

스스로 불을 밝히고
굳게 중심을 잡아

팍팍한 길을 묵묵히 간다
의젓하게 자신의 길을

# 수목

가려서 발붙일 수 있으랴
밑자리 모질고 험난할지언정
기꺼이 삶의 뜻을 굳힌다

불평불만 지니지 않고
비교도 지우면서
꿋꿋하게 처신한다

추태를 멀리하며
건실하게 자신을 가꾸어
주접 들지 아니한다

더불어 풍경을 만들고
어울리어 기쁨을 노래하면서
진리에 충실하는 고결한 생명

# 갈대

실하게 여무는 계절도 스쳐가고
들썩거리는 소슬바람에 따라
또다시 새로워진다

질척거리는 진흙탕에 발을 딛고
푸른 날을 세워 버둥대던
속된 꿈을 말린다

말리어 가벼워지고
비워서 편해지는
선경의 문을 연다

청량한 가을볕에 반기는 탈속으로
산뜻하고 밝은 노후를 즐긴다

# 분수

광활한 창공을 향하여 힘차게 솟구치는
분수

아름다움이요 바르다고 여기어
드러내는 정성

힘없이 꺾이고 물거품을 낳을지라도
이어내는 가상한 노력

당당하게 보여주는 미덕의 고상한 품위는
향기로운 거울이라네

# 봄눈

반가워라
뒤늦게 눈이 내리네

고마워라
기대가 지워져 가는 판국인데
못 잊어 찾아오는 정

갸륵하구나
요모조모 상서로움이 가득한
웃음꽃으로 피어나는 노력

어설픈 시절 멋쩍어
오래 두고 볼 수 있을까 우려 속에
한량없는 즐거움이여

두루두루 아름답게 꾸민 얼굴들이
뭉텅이로 서러워라

# 썰물진 해변

바닷물의 덩실 춤 보이지 않고
갯바닥에 정적이 누워있을 때

근질근질 간질이는 바람결에
들뜬 게들은 취한 듯 옆 걸음을 치고

다슬기는 신비의 세태에 궁금증으로
바싹 엎드리어 젖어 있는데

갈대는 덧없이 흐르는 허무감에
하염없이 고개를 흔들고 있네

# 마중물

젠 발로 달려가
지친 손을 붙들어
다정히 안내하리라

시원스레 이르지 못하고
애태우는 마음의 상처를 지우기 위하여

비록 미미할지언정
앞에서 끌어주는 온정의 손길

더불어 화려한 영화
신통한 무대를 활짝 펼치네